« Nous dominions le monde » Nicolas Parel

« Nous dominions le monde »

« Nous dominions le monde » Nicolas Parel

A tous ceux qui croient en moi, ma famille, mes ami(e)s, et tous les autres m'ayant soutenu, je vous souhaite une bonne lecture.

Nicolas Parel

« Nous dominions le monde » Nicolas Parel

« C'est toujours le même rêve ; il est 22h, je me retrouve sur le toit d'un immeuble et sur son sol, des centaines de roses y ont été déposées. Une femme s'approche derrière moi. Une femme que je n'ai jamais vue, une femme que je ne connais pas. Elle m'embrasse et son baiser a le goût du sel. Enfin, je lève mon visage et lorsque je regarde le ciel, une nouvelle étoile se met à briller. »

LAURA

J'y suis. Je l'ai atteint. Le point de non-retour. Le point où tout se brise. Le point où je me glisse dans les abîmes du vide et de l'inconnu. Je ne peux plus m'en éloigner. Plus les secondes défilent devant mes yeux, plus je m'en approche. Il est au bout de mes doigts. Encore quelques millimètres et je pourrais l'embrasser, le serrer fort contre mon cœur qui cessera de battre pour moi ; qui s'arrêtera de pulser dans mon corps…J'y suis. Je m'en approche. C'est horriblement bon de se sentir inutile et infiniment petite… Je suis si insignifiante. Je traîne ma peine. C'est un nouveau jour qui apparaîtra…Un nouveau jour dans lequel je serais comme une ombre.

Un nouveau jour où…

PETER

… Je ne pense qu'à elle… C'est un nouveau jour… Un jour nouveau où je sens mon cœur faire tout un tapage dans ma cage blanche…

« Nous dominions le monde » Nicolas Parel

« NOUS DOMINIONS LE MONDE »

23 décembre 2010 : 8 H :

Elle, assise, droite sur sa chaise, le regard tourné vers le professeur. Ses longs cheveux blonds sont attachés et tombent en cascade sur sa nuque. Elle est vêtue de noir et porte des bottes en cuir. Une écharpe bleue est mise là, sur sa table, des gants déposés par dessus. Une longue veste en laine est placée sur ses genoux, son portable à portée de main. A son doigt, une bague en or dotée d'une minuscule émeraude. A ses pieds, un sac. Dans ce sac, un carnet de croquis et un magazine de mode. Sur sa couverture : Une jeune femme. Elle.

Lui, la tête soutenue par la main, réfléchit. Son regard aperçoit également le prof... par intermittence. Il joue avec son col roulé, le tire, le lâche et le retire. Dans sa main droite, un stylo qui vide inutilement son encre sur la feuille. Il se passe la main dans ses cheveux bruns et soupire.

PETER

Ses paroles et ses phrases, je les entends, et pourtant, elles passent au travers de ma tête et de mon corps sans me toucher. Je suis ailleurs, je ne l'écoute pas. Je n'y arrive pas. Il me fait barrage. Un larsen dans mon cerveau. Il parle d'une logique que je ne comprends pas. D'une matérialisation de la vie.

Mais qu'est-ce que la vie ? Une multitude de choses agaçantes qui s'incrustent et s'imbriquent les unes dans les autres, pour ne former plus qu'un, et vous donner, à l'arrivée, le sentiment d'être quelqu'un surchargé de malheur. C'est un poids qui vous tombe dans les talons, une grosse pierre qui vous bouche la trachée et vous empêche de respirer. Une grosse pierre qui vous fait découvrir la suffocation et le manque d'air. C'est un frisson qui s'abat subitement sur vous et vous donne envie de pleurer, vous empêche de rire ou de sourire aux petites plaisanteries que votre entourage vous fait...

C'est aussi la fatigue et le « ras-le-bol » général qui vous cloue au lit le matin et où tout vous force à penser à cette personne que vous aimiez sans réciprocité. Oh oui, vous voudriez bien qu'elle vous aime mais tout est vain. Ca, vous l'aviez bien compris. Elle s'en fiche exagérément de vous et de votre petit monde. Et ça... Ça fait mal.

J'ai beau essayer d'écouter ce que dit le professeur, mais les seuls mots que j'arrive à comprendre sont «Grande toile» et «Abstraction». Je n'arrive pas à me concentrer. Je suis complètement déconnecté de la réalité. Je suis avec elle, dans cette chambre et je l'embrasse. J'en rêve... Je l'aime, j'en suis amoureux... Je l'aime beaucoup trop... Pas elle.

J'aurais besoin que quelqu'un me donne des claques. Mais qui ? Mes amis ? Je n'ai vraiment pas envie de les agacer avec mes problèmes médiocres. De toute façon, à leurs yeux, tous mes problèmes sont nuls et pas assez graves. J'ai d'ailleurs moi-même l'impression de l'être. C'est totalement insensé de se dire que dans ces moments là, nous sommes SEULS.

Je m'arrête de penser… Pose mon stylo et fixe le prof… « Abstraction, figuration… » Que dit-il ?

Une seconde…

Deux secondes…

Trois secondes…

Quatre secondes…Pourquoi m'a-t-elle quittée ? Je ne comprends pas ! Elle semblait si bien. Jamais je n'aurais pu m'imaginer un tel scénario. Elle me laisse comme ça, seul. Je suis déconnecté de la réalité. Si déconnecté que je n'arrive même pas à me concentrer ne serait-ce que cinq secondes sur ce que dit le prof. Je ne pense qu'à elle. Je suis lamentable... Lamentable… Il faut que j'arrête… Tiens, et si je comptais combien d'élèves nous sommes dans la classe ?

Un élève.

Deux élèves.

Trois élèves.

Quatre élèves.

Cinq élèves… »

LAURA

Et maintenant, je fais quoi au juste ? Je continue ma petite vie studieuse de mannequin qui pose pour un stupide magazine ringard pour obsédés ? Je ne suis pas une potiche écervelée. Je suis intelligente, j'ai beaucoup de chose à prouver, et pourtant, je suis blonde... A leurs yeux je ne suis QUE la blonde. Je ne suis QUE le « mannequin écervelée ». Je suis humaine et vivante, merde! Je ne suis pas une vulgaire photo. J'ai aussi un cerveau et pas qu'un physique... Pourquoi est-ce qu'ils me voient tous comme ça ? J'en ai marre de ces relations sans lendemain, marre de ces hommes qui meurent de faim et qui s'affolent pour une simple paire de nichons. Je suis une femme et pas un objet de fantasmes !

J'ai vingt et un ans et j'ai besoin de sous pour payer mes études. Est-ce si mal de poser ? Et pourquoi a-t-il fallu que ce mec ramène ce magazine en cours ? Ils se foutent tous de ma gueule et pensent que je ne suis qu'une vulgaire nana en soutif. Eh ben, un joli tableau tout ça ! En plus ils en font des photocopies. Ils sont ridicules.

Je suis intelligente et entière. Regardez-moi vraiment comme je suis réellement ! J'en ai marre de vous.

Hé toi ! Là bas, sale pervers ! Si tu continue de me reluquer comme ça et de rire bêtement, je te fais bouffer ton stylo ! Pitié, ferme ce magazine...

J'en ai ma claque, je n'arrive même plus à suivre le cours. Que dit le prof au juste avec son «Abstraction et sa Figuration...» ?

C'est quasiment impossible de se faire des copains. Qui voudrait d'une amie comme moi au final ? Ils pensent tous que je suis prétentieuse et bonne qu'à coucher à droite et à gauche. Mais je le répète encore : Je ne suis pas comme ça !

Ils m'agacent, ils m'énervent… Et lui là bas, qu'est-ce qu'il a à regarder tous les élèves comme ça ? Il les compte ou quoi ? Il n'a jamais vu de jeunes studieux (et totalement obsédés) écrire sur une feuille de papier ?

Je suis une boule de flipper. Je roule, je me prends des coups et je me dirige vers une autre sortie de secours. Mais au final, je subis encore des coups… Et si j'arrêtais ces études ? Elles ne me serviront strictement à rien de toute façon. Il faut être réaliste. Je ne veux pas devenir un prof ! Il faut vraiment que je me décide…

Tiens, pourquoi le professeur me regarde t-il comme ça ? Ah oui, sûrement qu'il a vu la couverture de la semaine dernière. Celle-là même où je posais à moitié nue. C'est quand même dingue comme une simple photo peut changer le regard que portent les autres sur vous.

C'est donc comme ça que je suis devenue la pétasse de service. Tout ça parce-que j'avais eu le cran de poser dans un magazine stupide pour arrondir mes fins de mois. Seule, je me sens seule… « Piégée dans un espace temps », et confirmé par ma carrière ridicule… Je fais partie d'un autre univers que le leur. Moi au moins, je ne suis pas aussi débile et je ne juge pas… Pas sur une simple réputation.

Ah, voilà maintenant qu'il montre des photos de mannequins nus à l'écran… On va me voir ? Ce serait ironique !

« Nous dominions le monde » Nicolas Parel

PETER

Et maintenant il va nous bassiner avec ses modèles féminins qui posent nus sur des magazines de mode. Je ne vois vraiment pas ce qu'il y a d'artistique là dedans ! Ces femmes ne sont que des femmes qui se croient sûrement supérieures parce qu'elles ont un beau corps et de belles fesses ! Elles sont prétentieuses et doivent gagner un paquet de fric ! Ca leur permet au moins de se payer une bonne école... Encore faut-il qu'elles sachent ce qu'est une école !

LAURA

C'est incroyablement pitoyable. Ils bavent tous ! Ils n'ont jamais vu de nibards ou quoi ? Ils sont subjugués par ces filles en soutif. Le prof vient de remonter dans mon estime. Les photos qu'il présente ont au moins la particularité d'être reconnues comme étant artistique. Est imbécile celui qui pense le contraire.

- *« Bon, sur ce, nous allons faire une petite pause. Le temps d'aller boire un café et de charger les nouvelles photos. Je vous donne dix minutes, pas plus. Faites vite. »*
Tous se levèrent et se dirigèrent vers la sortie. Il y eut un brouhaha de chaises et de tables que l'on pousse, mêlé aux rires et aux moqueries de certains élèves. Laura resta assise encore quelques minutes et décida à son tour de se lever.

Elle était fatiguée et un café aurait certainement pu lui faire le plus grand bien. Elle se dirigea vers les escaliers et les descendit.

Lorsqu'elle poussa la porte menant à l'extérieur, elle resta figée sur place. Son sang venait de se solidifier dans son corps et elle eut la désagréable sensation d'avoir été jetée toute entière dans un lac gelé. Toutes ses émotions avaient désormais quitté son corps.

Elle se trouvait dehors, là où les milliers de flocons de neige dansaient et tourbillonnaient les uns avec les autres. Ses yeux étaient rivés sur les murs qui longeaient la cafeteria. Sa bouche était grande ouverte, refusant de se refermer par elle-même. Après s'être frotté les yeux à plusieurs reprises, la vision était toujours aussi nette devant-elle. Son cerveau avait du mal à lui transmettre l'information et la rétine de Laura dût bien mettre dix secondes avant d'imprimer l'inexplicable réalité: Plus d'une centaine de photos d'elle avaient été accrochées sur le mur et au bas de chacune d'elles y était inscrit : « je suis une conasse sans cervelle ».

LAURA

Reste calme, ne crie pas, garde ton sang froid... Oh, mon Dieu ! Ce n'est pas possible... Reste calme Laura... Reste calme Laura... Reste calme...

« Nous dominions le monde » Nicolas Parel

Elle sentit les larmes lui embuer les yeux et sa gorge se noua aussitôt. Pourtant, elle resta de marbre pour ne pas trahir son émotion qui manqua de la faire basculer dans la folie.

Peter était resté assis dans la salle de cours et lorsqu'il les vît tous revenir en ricanant, il ne pu s'empêcher de se boucher les oreilles.

PETER

Qu'ils se la ferment, je ne suis pas d'humeur. J'ai d'ailleurs vraiment la sensation d'appartenir à un autre genre. Eux, ils ricanent et moi je suis à la limite de l'implosion, de la rupture psychologique ! C'est très déroutant, tout ça. Enfin, c'est vraiment à ça que je pense. Il est vrai que quand on voit plein de gens rire lorsque l'on n'est pas en état de le faire…   tout parait surréaliste. J'ai vraiment   l'impression qu'ils ont fait une grosse connerie… Ils font toujours des conneries. Ils ont vingt ans pour la plupart et ils réagissent encore comme des gamins. Que voulez-vous faire contre ça ?

Le prof revient et c'est reparti pour un tour. Le terme de figuration revient sans cesse… Je me sens vraiment à part. Mais qu'est-ce que je fous là ?

9 H 45:

LAURA

Qu'est-ce que je fous là ? Pourquoi dans ces toilettes ? J'ai la nausée, la gerbe... Je veux faire sortir toute cette haine que j'ai en moi. Ca y est ils y sont...

Les doigts enfoncée dans sa gorge, elle sentit le liquide amer remonter le long de son œsophage.

Je vomis. Qu'ils aillent tous au diable. Je les hais... Je les déteste... Comment peuvent-ils être aussi cruels avec moi. Je n'ai jamais rien demandé.

Le vomit coule et la forte odeur habituelle envahie tout l'espace clos.

C'est un espace dans lequel je me sens bien...
Je dois retourner en cours... Mais il faut que j'attende que mes larmes sèchent.

Elle regarda son reflet dans le miroir, s'essuya le mascara qui venait de couler le long de ses joues et se fit un sourire.

Ressaisis-toi Laura... Ce n'est rien, ce n'est que des personnes auxquelles tu ne tiens pas.

15

Rien ne peut t'atteindre. Tu es forte… Je suis faible.

PETER

Mon Dieu, elle est amochée. Et en plus elle se permet d'arriver en retard ! C'est bien ma grande, tu iras loin comme ça !… Mais…

Mais, pourquoi la regardent-ils tous ? C'est irrespectueux de dévisager quelqu'un de cette manière. Pourquoi est-ce qu'ils rient, tous ? Et si je faisais pareil ?

Je la regarde et je rigole aussi. Je ne sais pas pourquoi, mais je le fais… Je le fais peut-être pour ressembler aux autres. Peut-être que oui… effectivement. C'est tellement bizarre comme sensation... Je ris… C'est étrange… Cela ne fait pas rire. C'est juste une fille comme les autres qui vient de rentrer. Pourtant je m'esclaffe et bientôt les rires envahissent la pièce.

LAURA

Je suis fatiguée… Je suis extrêmement fatiguée. Ils se moquent de moi ? Qu'ils rient, je donne ma démission, je m'en fou.

Je suis si lasse de tout ça. Je suis à bout d'attendre qu'il revienne. Je suis lasse que mes amis me fassent la gueule et m'ignorent depuis des semaines. Je ne comprends pas pourquoi ils réagissent comme ça avec moi. Ils n'étaient pas dans mon couple. Ils pensaient que c'était un type bien, mais il n'avait rien de bien. Il n'était qu'un profiteur de plus. Juste attiré par le physique. Les gens comme ça, on doit les éviter. Il ne faut pas s'accrocher à eux parce qu'ils vous bouffent à petit feu si vous n'ouvrez pas les yeux rapidement. Il m'a trahie… Il est allé voir ailleurs et c'est moi qui trinque sous prétexte que je suis une allumeuse ! Je ne comprends pas. Je ne suis pas une aguicheuse. C'est lui qui m'a quitté et non l'inverse ! Pourquoi mes amis le croient, LUI ? J'en ai assez. Tous les jours, je subis les moqueries des gens, et maintenant que j'ai le plus besoin d'eux, ils me tournent le dos. Je suis désespérément seule. Ah oui, j'ai une mère vous allez me dire…Non, même pas.

Ma mère ne se souvient même pas de moi. Pour elle, je ne dois être qu'une blondasse aux gros seins qui porte le nom de sa fille. C'est ridicule au possible. On s'habitue à tout… Mais pas à ça ! La vie est grotesque, elle arrive comme un cheveu sur la soupe.

Il tombe… Inopinément, dans ce velouté aux arômes de bonheur et de réconfort. Et soudain, lorsqu'il s'est posé, vous ne pouvez que le voir. Vous faites abstraction du reste. Vous ne voyez plus qu'un truc déguelasse sur un lit de bonheur et de joie ; bonheur et joie qui disparaissent souvent, trop rapidement. Il prend de l'ampleur ce cheveu, il fait barrage. Tant que vous ne l'avez pas enlevé, vous ne pouvez pas gouter à la soupe, à votre bonheur. Et si ce cheveu, je ne voulais pas l'enlever, au final ?

17

Voilà ce qu'est ma vie, un vulgaire cheveu dégueulasse ! Et pour ma mère c'est à peu près pareil. De toute façon, c'est comme si elle ne m'avait jamais connue. Sauf bien sûr lorsqu'elle a ses moments de lucidité. Dans ces moments là, je n'ai plus qu'une envie, c'est qu'elle oublie à nouveau.

Vous ne pouvez même pas imaginer le mal que ça fait de se souvenir qu'on est malade. Elle me fait souffrir autant qu'elle souffre. C'en est trop pour moi…ma mère me fatigue. Je ne peux ni ne veux plus m'occuper d'elle, c'est trop difficile. Je craque. Je ne peux même plus la regarder dans les yeux sans avoir mal…

Une fois, alors qu'elle avait recouvré ses esprits, elle m'a parlé, longuement, et j'ai aimé. J'ai eu l'impression de l'avoir retrouvée. Elle m'a raconté son enfance, m'a parlé de sa mère, de sa carrière. Je lui ai parlé de mes problèmes, et elle a su me réconforter. Je lui ai raconté mes blessures et mes peines…Elle m'a expliqué qu'elle était désolée de ne pas se rappeler de moi, de m'oublier de temps en temps. Elle me tenait les mains et pleurait. Nous nous sommes serrés fort l'une contre l'autre et je lui aie murmuré doucement : « Maman, je t'aime ».

Elle n'a pas répondu, s'est contentée de lever la tête et de me regarder. Elle semblait perdue. Elle continuait de me fixer sans ciller, puis a ajouté « Qui êtes vous ? ».

J'ai pleuré…et c'était la première fois que je pleurais devant elle. La maladie m'a arraché ma Maman…

Alors quand je vous dis que ma vie est un vulgaire cheveu crade sur la soupe, il faut me croire sur parole. J'avais besoin de fric pour me payer cette école, mais au final, je ne suis même pas sûre d'y rester…alors qu'ai-je fait ? J'ai continué dans ma lancée et j'ai contacté toutes les agences de mannequins qui auraient pu vouloir de moi. J'ai été choisie, moi. La fille coincée et timide que je suis, se retrouva en première page dans des magazines de mode. C'était difficile d'assumer ce rôle, mais au moins, je gagnais de l'argent…Oh peut-être pas énormément, mais ça m'aidait à payer une partie de mes études. Mais un jour, ça a dégénéré. Je me suis vue, poser à moitié nue, et ça m'a fait peur. Pourtant, j'ai continué. Maintenant, tous les jeunes de ma promo se foutent de ma gueule. Je pourrais ne pas y prêter attention, mais comment ne pas voir une vache dans un couloir ?

Du reste, il est assez difficile de faire abstraction de tout, mais quand on y arrive, c'est apaisant. C'est tellement jouissif de mettre de côté, pour un temps, le monde qui vous entoure. Seulement, ces temps-ci, c'est le contraire qui se passe dans ma foutue tête. Je bute sur tout, un geste anodin me perturbe, un simple mot plus haut que l'autre me vexe. Je n'ai jamais été comme ça. Je ne comprends pas ce qui m'arrive, et honnêtement ça m'inquiète. J'ai l'impression que je perds ma vitalité et je n'arrive plus à puiser dans mes réserves. L'énergie me manque et la fatigue s'abat sur moi comme la misère sur le pauvre monde. Je ne sais même pas à qui en parler... Je suis si seule...

Elle fixa une chaise vide et se concentra de toutes ses forces sur celle-ci pour ne pas partir en sanglots. Elle traversa lentement la pièce sans détourner son regard, qui ne faisait désormais plus qu'un avec le siège. Tout autour d'elle, les exclamations et les rires s'amplifiaient, mais elle ne failli pas. C'est comme si un bouclier invisible s'était formé autour de son corps et que rien de pouvait l'atteindre. Elle s'assit.

« Nous dominions le monde » Nicolas Parel

PETER

Je suis dégueulasse de me foutre de sa gueule sans raison

LAURA

Ils sont pourris de se moquer de moi

PETER

Je ne suis qu'un pantin sans cervelle qui ne suit que les ordres que veut bien lui transmettre le destin, en tirant machiavéliquement sur ses ficelles fragiles. Je suis un petit pantin débile qui subit les affronts et les peines. Un pantin écervelé qui ne suit que les ordres du destin... Un petit pantin... fragile qui ne sait pas quoi faire pour reprendre le contrôle de son corps et de sa vie. Je suis CE petit pantin. »

11H :

Le cours se terminait et les élèves se ruèrent une nouvelle fois vers la sortie. Comme à son habitude, Laura comptait sortir discrètement de la classe mais le professeur l'interpella avant même qu'elle ne puisse se lever.

-   J'aimerais savoir, mademoiselle Adams : pourquoi arrivez-vous tout le temps en retard à mes cours ?

-   Ecoutez monsieur, en ce moment, rien ne va fort pour moi, et…

Elle se tourna et vît que Peter l'observait. Elle soupira et quitta la salle sans même terminer sa phrase. Le professeur se leva de son bureau et interrogea Peter du regard, lequel pencha la tête et s'en alla, laissant le professeur seul avec à ses réflexions.

PETER

Non, je n'irais pas lui parler… Et de toute manière, pourquoi j'irais ? Pour moi, cette fille ne représente… Bah… Rien, en fait… Rien. Il est vrai qu'en temps normal, j'y serais allé. Mais là, quelque chose cloche, je ne retrouve plus mes repères. Aujourd'hui, rien n'est pareil et le fait d'aller parler à cette nana me rend inexplicablement incompétent et nerveux.

11H15 :

PETER

A la cafet' de la fac, je sirote, pensif, un café assis à une table. Elle est en face de moi et fixe le mur blanc, là où une affiche publicitaire vante les mérites d'un soutien-gorge à balconnet.

En face de Peter, Laura scrutait son propre visage placardée sur le pan de mur blanc.

PETER

On dirait qu'elle se contemple…La réalité, crue et nue, semble entrer en contact avec elle. Elle lui fait face et celle-ci la fait se replier sur elle-même. Laura ne parle plus à personne. Elle est vulnérable et se dresse, seule face aux autres : elle fait barrage. Mais elle ne veut plus être abandonnée… Elle se fixe, ne détourne pas son regard. C'est comme si…

LAURA

…Je devenais une autre personne. A force de regarder mon visage sur cette affiche, celui-ci prend des aspects différents, il se trouble… pour, clairement, ne plus me ressembler du tout. Qui suis-je ?
Laura
Laura

« Nous dominions le monde » Nicolas Parel

Laura
Laura
Cela ne veut plus rien dire. Je n'existe plus. Je ne suis plus Laura. Qu'est-ce qui me distingue des autres ? Je ne possède qu'un simple prénom et rien d'autre. C'est étrange. Je ne suis qu'un nom ? Un nom avec des cheveux... des cheveux dégueulasses dans une soupe amère

PETER

Laura doit être vraiment en colère contre ces gens.
Laura, ne t'enferme pas s'il te plaît !
Laura, il faut te ressaisir...
Laura il faut... »

LAURA

« ...Que j'y mette fin... »

12H30 :

PETER

Je suis seul dans mon coin, assis sur un sol poussiéreux qui apparemment n'a jamais été lavé. Personne ne me remarque. Ils bougent, ils râlent, ils parlent tous…ils vivent. Et moi, j'ai l'impression d'appartenir à une catégorie à part entière. Je suis mort. Personne ne me parle, personne ne me sourit. Je suis éternellement seul. En face de moi, il y a un groupe de jeunes filles qui s'esclaffent. Elles débattent de tout, parlent sur la vie et sur les petits copains…je pourrais très bien leur parler de MA vie, me lever et y aller… mais je reste cloué le cul sur le sol, sans broncher. Je ne veux pas leur dire quoique ce soit sur celle qui m'a lamentablement largué. Elles s'en foutraient complètement et me riraient sûrement au nez. C'est dingue comme la réalité peut vous montrer son vrai visage les jours où tout vas mal…

Mais il n'y a pas de soucis quelque part. Je ne suis pas triste ! Je ne suis pas malheureux ! Je ne fais la gueule à personne… quoi que ! Je suis peut-être un peu trop empathique. Laura va mal, et du coup j'empathie. C'est ridicule ! faudrait que je me calme moi !

Deux autres jeunes filles viennent de s'assoir à mes cotés. Rien, pas un bonjour, pas même un regard. Je sens leurs parfums de fleurs chatouiller mes narines. Il est apaisant et doux. Il y a une sénégalaise, d'après ce que j'ai pu entendre de leur conversation, et une italienne, dont le fort accent du sud me rappelle les fois où ma grand-mère me jetait à la porte en me criant dessus en italien. On dit souvent que les italiennes ont un fort caractère, et je ne démentirais pas sur ce point. Elles parlent de voyage et d'envie de fuite. Fuir le monde présent pour un monde meilleur. Il est vrai que moi aussi je me sens étouffer, enfermé dans un monde qui ne me correspond pas…je suffoque. Moi aussi, je voudrais fuir ma vie et mes responsabilités qui me nuisent. Pourquoi ne pas le faire ? Qu'est-ce que j'en ai à battre ? Elles ne me conviennent pas alors pourquoi ne pas les éradiquer ? Ne serait-ce pas plus simple de pouvoir s'en détacher ? Certes, mais ne serais-ce pas devenir lâche que de leur tourner le dos ?… En bref, je suis un lâche.

Tient, la revoilà… »

LAURA

Tout le monde me regarde ! Tout le monde me fixe !

Que me veulent-ils ?

Ils savent qui je suis. Je suis leur fantasme, je suis leur modèle au corps parfait et retouché sur papier glacé Je suis celle qui stimule leur libido…

Oh, ils ont encore affiché mes photos sur les murs…je ne prends même pas la peine de les compter, il y'en a tellement…

Que me veulent-ils ? Pourquoi ce groupe de filles ne cesse de faire des va-et-vient entre leurs magazines et moi ? Elles me comparent ? Oui, je suis fatiguée et oui, j'ai des cernes !…Elles s'imaginent que mon corps est aussi parfait que sur le papier photo ? Elles sont en pleine crise de jalousie ? Est-ce qu'elles se moquent ?

Ca suffit !... Et ce garçon là bas, seul qui me fixe, lui aussi rêve de me voir nue ?

Je vais exploser. Ils m'étouffent, j'en ai marre. Je sens la colère et la rage qui montent en moi comme un geyser. Ils me fixent tous. Ce jeune homme en tweed, cette femme avec son châle gris, ce vieux pervers, ce mal rasé, ce chauve, ce grand, ce petit, cette boutonneuse, cette grosse, cette conasse, cette hystérique, ce gros, ce porc, cette petite conne…C'est me voir à poil qu'ils veulent ? PARFAIT !

PETER

Pourquoi elle fait ça ?

Au centre du grand-hall menant aux escaliers, la jeune Laura hurlait et se déshabillait en même temps. Ses cheveux s'ébouriffaient tant ces gestes étaient brusques. On aurait dit qu'elle était en pleine crise d'hystérie.
- *REGARDEZ-MOI, ALLEZ-Y !*
Mais au lieu de la regarder, les gens détournaient les yeux de se spectacle incompréhensible. Laura, tout en se déshabillant, jetait ses affaires çà et là sur le sol grisâtre.
- *ALLEZ-Y, hurla t-elle une nouvelle fois.*

« Nous dominions le monde » Nicolas Parel

Des larmes coulaient le long de ses yeux et son maquillage noir s'étalait sur son triste visage. Elle enleva son pantalon.

LAURA

C'est ça, regardez-moi, fixez-moi, bavez devant moi ! Alors, ça fait quel effet de constater que je ne suis pas aussi parfaite ?! Ca fait quel effet de me voir moche avec du maquillage qui coule et une cicatrice sur la jambe ?! Vous me voyez moi cette fois ! Pas mon image ! Vous en voulez plus ? Rêvez-pas, je ne donne pas dans le porno !

- *MAIS QUE FAITES-VOUS ? VOUS AVEZ-PEUR ? Cria-t-elle.*
Elle s'écroula sur le sol alors que les étudiants qui l'entouraient disparaissaient peu à peu de son champ de vison. Ils la fuyaient…les minutes passèrent mais elle resta là, inerte, laissant ses larmes couler par terre…

LAURA

Je suis pathétique, mais au moins ils ont vu ce qu'ils voulaient. Ils ne font plus les fiers maintenant. Ils sont gênés et ne me rient plus au nez. Je me suis fait passer pour une conne ? Je n'en ai rien à faire. J'ai deux solutions : soit je m'exile dans un endroit où plus personne ne pourra m'humilier, soit je réussis mes études et prouve à tout le monde que je ne suis pas celle qu'ils croient. Quoi que… je n'ai rien à leur prouver. La seule personne à qui je dois prouver quelque chose, c'est moi. (Et honnêtement, là, c'est mal parti.) Fut un temps, j'avais quelque chose à prouver à mon copain, mais il m'a trahie. Désormais, je suis seule comme une abrutie sur ce parvis froid et gris. En plus de ça, je n'ai plus de revenus et je me demande encore comment j'arrive à me payer à bouffer. Je cumule deux emplois en plus de mes études. C'est difficile et je n'ai plus d'énergie. Je n'arrive plus à gérer, je suis au bout du rouleau. Je cours à la catastrophe. Etre mannequin ne me prend pas énormément de temps, mais serveuse, si. Les clients sont des cons. Ils ne comprennent même pas qu'il peut y avoir des imprévus dans ce métier. Non, bien sûr, eux ils préfèrent me menacer de me casser une tasse de café sur la tête, et moi, je dois garder le sourire… hum quelle joie ! C'est ça, le plus dur. Savoir garder le sourire quand tout autour de moi s'écroule.

Où se refugier et vers qui se tourner quand tout va mal et se dégrade autour de moi ?

Je n'ai pas encore trouvé de réponse. On dit souvent que le meilleur moyen de se cacher, c'est de se montrer, mais je ne saisis pas trop ! Quand tout s'écroule, il n'y a plus rien à faire. Je n'ai plus rien à perdre pour ma part… Ca fait mal de se dire que chaque matin, personne ne m'adressera plus la parole, et que rien ne changera ça. Je suis au centre d'une spirale infernale. Comment supporter que tous les jours se ressemblent tant que vous n'aurez pas appris à réagir ? On dit qu'il faut savoir se bousculer un beau matin. Des efforts, j'en fais tous les jours et rien ne change. Quand la douleur est présente, elle reste toujours là. C'est ce que je pense. Mon copain n'était pas de cet avis et c'était le seul à m'avoir fait remonter la pente. Ce qu'il disait était vrai… mais aujourd'hui, je suis tombée trop bas.

Je me sens comme une minuscule marionnette prisonnière de ses ficelles… »

Elle se leva, tout doucement…doucement…

PETER

Pourquoi l'a-t-elle fait ? Comment peut-on en arriver là ? Dans la vie il y'a des hauts et des bas, il y a des personnes qu'il faut éviter aussi. Ce genre de personnes qui ne vous apportent rien et qui, au final, ne font que vous réduire à ce sentiment de désespoir. C'est ce qui lui arrive ? Je ne sais pas vraiment ! Peut-être après tout. Mais pourquoi donc n'essaye-t-elle pas de se faire de nouveaux amis. Cela lui ferait peut-être du bien ! On dit souvent que rencontrer des gens apporte un petit plus dans la vie. Mais quand je parle de rencontrer des gens, je parle bien sûr de ces gens qui en valent vraiment la peine ! Ces gens avec qui vous vous sentez vous-même et avec lesquels vous avez envie de partager votre vie et votre univers. Ces personnes ne vous jugeront pas, mais vous donneront le petit coup de pouce qui suffira à vous faire décoller. Comment juge-t-on de la valeur d'une personne? On ne le sait pas à l'avance, ce serait trop facile. Non, on le découvre ! Et il n'y a rien de meilleur que la découverte et l'aventure. Le risque…

12H45 :

PETER

   Je l'ai croisée en direction des toilettes du deuxième étage. Elle m'a bousculé… Je ne me suis pas excusé… Je ne sais pas pourquoi ! J'aurais dû ? Non ! Si ? Je ne sais pas !
   Lorsque je suis arrivé à nouveau devant la cafétéria, j'ai arraché une de ces affiches qui la représentaient. Je l'ai jetée aux ordures. J'en ai pris une deuxième, puis une troisième et dans un élan de colère, je les ai toutes déchirées. Les gens me regardaient, médusés, mais ça m'étais égal. Faire autant de torts à quelqu'un, je trouve ça écœurant… J'étais dégouté, révolté, avec une envie irrépressible de tout casser et de les étrangler sur place. Mais tout ça aurait été vain. Alors je suis parti. Je n'ai même pas pris le temps de manger. Ils m'avaient coupés l'appétit. Je suis retourné dans la fac et j'ai attendu devant la salle. Seul, comme d'hab' ! Comme un con !

   Prostrée dans les toilettes du deuxième étage, Laura jouait avec son écharpe. Elle la tirait et en arrachait ses longs fils de laine.

LAURA

   J'ai mal, mon Dieu, j'ai mal… Je n'arrive plus à respirer, mes larmes ne veulent même plus couler… J'ai mal, j'ai une boule dans la gorge…

Un couteau ! Je veux pleurer bon sang, je le veux, je le veux, je le veux…mais j'peux plus ! Pitié ! Faites qu'ils arrêtent… Je vous en prie! S'il vous plaît, faites qu'il revienne ! Faites que ma maman guérisse… Je vous en prie… Je vous en prie, ne me laissez pas comme ça…

Dieu, tu existes ? Alors, prouve-le-moi. Prouve-moi que tu n'es pas une simple croyance, prouve-moi vraiment que tu es là. Je souffre et tu t'en fiche… Ma maman souffre aussi et tu n'en fait rien. Prouve-le-moi ! Pourquoi ne fais-tu rien ? Pourquoi me laisses-tu ? Parce que tu veux que je me relève? C'est trop facile ça… Je ne le ferais pas tant que je n'aurais pas de preuve de ton existence.

Une seconde…
Deux secondes…
Trois secondes…
Quatre secondes…
Deux minutes…
Trois minutes…
Cinq minutes…
Je n'ai aucune preuve… Alors tu n'existes pas !

Tu es un menteur, un fabulateur, tu te joues de moi, tu t'en moques et je suis inutile à tes yeux, c'est pour cette raison que tu… Que tu… Tu… ? Pourquoi je te parle si tu n'existes pas ?

Je sais pourquoi…

C'est parce que… J'ai besoin de croire en quelque chose qui me sauverait… alors je peux croire en toi ?

13H :

PETER

Reprise des cours avec cette impression de ne pas me sentir à ma place. Tellement puissante qu'elle m'en donne la gerbe. Le professeur reprend. Je ne l'écoute toujours pas. Je pense à mon ancien couple. J'essaye de trouver une réponse à cette question qui me hante. Je n'arrive pas à saisir la raison de notre rupture. D'accord et après ? Il faut que je me ressaisisse, il faut que je retrouve un sens à ma vie... Ce n'est pas la fin du monde, il y a un après. Il ne faudrait pas que je m'éloigne de ce monde. Il est trop beau, trop fort, trop puissant... Tout ici, en vaut la peine. Il faut que je me maîtrise parce que je veux redevenir moi-même pour pouvoir briser mes ficelles. J'ai foi en moi... J'y arriverais !

LAURA

Je n'ai plus foi en rien, tout me pèse, tout devient futile... Il ne faut pas que je bascule, il ne faut pas que je lâche prise... Oh mon Dieu, je ne veux pas... Pas ça ! Pitié !...

Autour d'eux, les élèves se lèvent pour présenter leurs différents projets multimédias et picturaux. Ils sont actifs... Eux, ne le sont pas. Laura dormait, la tête posée sur la table dans une position absurde, quant à Peter, il se rongeait les ongles en la regardant. Il culpabilisait. Il aurait voulut la réveiller et lui dire quelque chose de drôle... Juste un petit mot pour la voir sourire au moins une fois. Il ne fit rien. Il se contenta de rêvasser inutilement sur les affres de sa vie, pas aussi moche qu'elle en avait l'air. Peter avait toujours eu du succès auprès des filles, était entouré d'amis mais se voyait seul, malgré tout. Certes cela faisait quelques temps que ses amis proches lui ne lui parlaient plus, mais sur le point familial tout était en ordre, sans nuages à l'horizon. Alors le fait de penser qu'il était seul au monde était un peu disproportionné. Sa rupture avec son ancienne compagne avec qui il était resté quatre ans l'avait profondément bouleversé, et de ce fait, il ne cessait de se sentir abandonné. Pour lui, l'abandon était la chose la plus horrible que l'on puisse faire à un être humain. Il ne supportait pas l'absence de dialogue entre deux personnes et détestais par-dessus tout, ce qui attrait à l'indifférence. De nature emphatique, il se sentait mal dés qu'une personne restait seule dans son coin, face à ses problèmes.

Il fixa Laura. Elle le fixa.

LAURA

Tu ne m'auras pas... Je ne veux plus de toi, ni de ça. Je t'en prie détourne ton regard, tu me fais mal, comme les autres d'ailleurs. Ils m'ont brisé, tout comme toi, Peter Vilse !

« Nous dominions le monde » Nicolas Parel

PETER

Je dois te parler, je le sais… parce-que je te trouve belle… Laura Adams, je dois te parler… Je vois que tu souffres… Je t'insufflerais la vie s'il le faut…

LAURA

Enfermée dans ma lune, mes mots se fanent et leur sens profond perd toute vraisemblance. Si le monde était meilleur, je pourrais sortir de cet abri où je me terre et lui montrer enfin mes talents et l'univers dans lequel j'évolue et déploie, solitairement, mes ailes. Et si le doute était vraiment une façon de voir quels choix je dois faire, alors je crois que je pourrais douter toute ma vie.

Je me sens prisonnière de ma vie, comme si, ni mes actes ni mes paroles ne m'appartenaient plus… Je suis comme un poisson dans un aquarium. Je fais des centaines de tours à la minute. Inutile.

Face à mon propre désarroi, je ne peux que crier, aucuns mots que je dirais ne pourraient alors traduire ce que je ressens. Je voudrais extirper ce venin et ces doutes de cette âme, friande de bonheur, mais qui, à cause de ces maux, s'en éloigne chaque jours un peu plus. Mais je n'en fais rien. Mes rêves et mes désirs ne se réalisent pas. Ils prennent ma tête en otage, occupent la moindre de mes pensées et grignotent insidieusement, toute la concentration dont j'ai besoin pour assumer le rôle que j'endosse, nuits et jours. J'aimerais tellement les voir se concrétiser mais je n'ose encore y croire. Tout devient, à mes yeux, inaccessible et ces désirs qui me hantent font partis de ce que la Vie et le Hasard refusent de m'offrir parce que je ne suis soi-disant pas le genre de personne que l'on choisi pour être bien dans sa tête et dans son corps. Je reste rongé par l'angoisse et subit, sans un mot aucun, les affres de la Vie. Je ne suis qu'une vulgaire fille sans intérêts, après tout ! Je rêve d'être connue et reconnue. Je rêve d'être aimée et respectée. Je rêve d'être bien et épanouie… Mais je ne suis que la vulgaire blonde.

Je demeure toujours cloitrée dans ma lune et probablement qu'un jour quelqu'un viendra m'en sortir. Mais ce jour là, il sera trop tard… Il est déjà trop tard…

PETER

« L'aide, l'entraide… Et si j'avais besoin de ça pour aller mieux ? Aider une personne me rendrai vivant. Je donnerai le meilleur de moi-même. Je veux le faire pour enfin pouvoir me regarder en face dans un miroir. Voir cette personnalité malheureuse qui me colle si facilement à la peau que ça m'en donne le tournis. J'ai besoin d'aimer et de vivre à deux.

Le temps presse, je ne veux pas échouer. Je ne veux plus douter de moi. Je suis un homme qui

« Nous dominions le monde » Nicolas Parel

ne se démarque de personne et je voudrais
redevenir l'unique... Celui que j'étais…
     En suis-je capable ?
     Comment aider ? Qui aider ? »

14H:

LAURA

« Tu m'aimes ? Alors je t'aime !

Non, la vie n'est pas aussi simple. Ça ne se passe pas comme ça. Aujourd'hui, je m'en rends compte. Lorsque quelqu'un vous déteste, il n'y a rien d'autre à faire qu'attendre. Attendre que la rage s'en aille, si elle veut bien partir un jour. Toujours attendre que tout s'estompe, toujours reculer pour mieux sauter. Toute tentative de reconstruction d'une structure sur de mauvaises bases, est, dores et déjà, vouée à l'échec si les fondations mêmes sont fragilisées.

Je veux tout tenter pour arranger la situation, pour que ces personnes qui me harcèlent moralement cessent de le faire. J'aimerais que mon entourage réalise, qu'à ce jour, je n'ai plus d'endroit où me réfugier, ma bulle salvatrice et protectrice n'est plus… En plein jour, il n'y a pas de lune… Je dois continuer d'avancer …

PETER

…Sans jamais m'arrêter. Toujours continuer de marcher et d'affronter ces obstacles qui foncent droit sur moi. Tout arrêter et renoncer à me battre serait pourtant tellement plus simple pour moi. Aujourd'hui je sais ce que j'ai, seulement ce n'est pas suffisant. Ce que j'ai m'empêche d'évoluer, d'aller vers un mieux. Il m'empêche de m'épanouir, alors comment avancer ? Comment continuer de gravir ses montagnes de problèmes sans force ?

Derrière chaque obstacle se cache un nouvel élément qui prend part à votre vie. Celui-ci peut-être bon ou mauvais, on ne peut pas le savoir : à nous de l'apprivoiser et de le rendre positif et responsable d'un nouvel état d'esprit positif. C'est le déclencheur d'un nouveau monde.

Je sais ce que j'ai aujourd'hui … Et peut-être que demain… Tout ira mieux.

Alors j'escalade toujours … Même sans force, je continuerais.

LAURA

Le prof parle, parle, parle et je ne comprends rien. Je ne comprends plus, je ne veux pas comprendre. Le temps défile inexorablement et je reste là, immobile, à regarder fixement ma feuille blanche. Elle ne se remplie pas. Je n'ai plus la force d'écrire quoi que ce soit. Le temps passe, s'égraine et nous offre, qu'on le veuille ou non, son sempiternel recommencement. Je me sens comme manipulée par les évènements et la vie que je mène, je ne maitrise plus rien et me prend à rêver d'utopie. Pourtant, je ne le suis pas dans mon fort intérieur ; j'ai conscience d'être un pion sur un échiquier géant, que l'on déplace au grès de ses fantaisies et de ses humeurs. Une sorte de pantin géant. Je ne veux pas que mon destin soit tout tracé, je veux faire ce que bon me semble sans me préoccuper des conséquences qui en découleront. Mon destin, c'est moi qui le choisis. Et si, finalement, c'était déjà écrit que je sois censée penser de la sorte ? »

Elle n'avait pas écouté ne serait-ce que la moitié du cours que ces yeux avaient déjà commencés à se fermer ; Laura s'endormit sur sa feuille blanche... et rêva longuement. Elle rêva de sa mère et de son frère. Elle les voyait, riant sur le porche, près de la véranda. Elle contempla sa mère, assise sur le canapé en rotin, et son frère, buvant un café auprès d'elle puis les rejoignit. Elle se sentait calme et détendue. Elle prit une tasse de café, s'assit auprès d'eux, et une chaude pluie d'été commença à tomber. L'atmosphère s'emplit d'une forte odeur de rouille et de fer. Un orage n'allait pas tarder à éclater le ciel, mais ils étaient là, gloussant tels des enfants. Laura se rappela alors de sa mère, souriante et en bonne santé, bien avant qu'elle ne soit rongée par la maladie. Elle lui sourit. Sa mère se leva et l'embrassa sur la joue. Un baiser remplit d'amour. Lorsqu'elle s'affaissa sur son fauteuil en rotin blanc, elle examina sa fille et l'espace d'un instant son visage devint triste.

- *Au revoir ! lui dit-elle.*
- *Maman ?*

Elle la vit fermer les yeux et s'endormir. Son frère s'approcha de la table basse, posa son café et s'en alla. Laura était seule.

« Nous dominions le monde » Nicolas Parel

Elle se réveilla en sursaut et manqua s'étouffer. Elle releva sa tête et contempla sa feuille blanche.

17H04 :

LAURA

« Je viens de recevoir un appel téléphonique de la maison de repos de ma mère. Une femme me parle doucement… Trop doucement, c'est mauvais signe. Puis elle s'excuse et le dit enfin… Je lâche mon téléphone. Il tombe et se fracasse par terre. Le choc me fait sursauter…

Mon Dieu non ! Pas aujourd'hui, pas maintenant… Elle n'a pas le droit de me faire ça !

Mon intestin vient de tomber, c'est comme s'il pesait des tonnes… Je ne respire plus ? Si… je suis toujours là, enfin je crois… Je ne pense plus à rien… Elle m'a lâché… Je suis… Seule… Vraiment seule cette fois… Honnêtement, je m'y attendais un peu, mais ça fout un choc. C'est comme si tout votre corps et vos intestins se contractaient et plongeaient vers le sol, inlassablement, dans une chute vertigineuse. Ça me fait ça ! Puis mes larmes coulent… Elles ne s'arrêtent plus de couler et de maculer le sol de petites taches…

J'ai mal, Maman… Maman, j'ai mal… Maman, j'ai mal…

Je ne veux pas rentrer chez moi… J'attends… Je reste ici…

Alors je continue de pleurer en me disant tout simplement, que tout cela n'est qu'un mauvais rêve, et que la femme va sans doute me rappeler pour me dire qu'elle s'était trompée, que ma maman est toujours sur son lit d'hôpital en train de regarder « les feux de l'amour » à la télévision. Les minutes passent et la femme ne me rappelle pas !

J'attends encore, sans bouger… Rien… Pas d'appel. Juste ma pensée qui me fait me dire machinalement « Ca va aller Laura… »

Il n'y a que les sanglots qui sortent de ma bouche et des hoquets qui me font faire des bruits bizarres. J'en ris. C'est nerveux. Je suis tellement conne de me laisser aller comme ça ! Après tout, j'en ai strictement rien à foutre : se laisser aller, c'est trop bon…

Ma mère est décédée sur le porche de la maison de repos. Elle était assise sur un fauteuil en rotin blanc… »

Elle attendit que le temps passe, somnolant sur le parvis, emmitouflée dans sa veste en laine, les flocons de neige se déposèrent délicatement sur son visage. Elle enroula son écharpe autour de son cou et soupira.

18H :

PETER

« Arrivée en Amphithéâtre, dernier cours de la journée. Mon cœur s'accélère lorsque je vois ce qu'ils ont fait. Ils n'ont aucune pitié pour elle et leur conscience pour eux, en plus ! C'est dégueulasse. Pas de culpabilité, pas de compassion, rien que du mépris et de la méchanceté. J'ai honte de moi, j'ai honte pour eux... »

De part et d'autre de la salle, des dizaines de photographies de Laura avaient été agrafées et collées sur les murs et les tables. Les nouvelles inscriptions disaient « Laura : A bas les potiches ».

Peter s'approcha d'une d'entre elles et la décrocha, puis passa à la suivante, et à une autre. Il savait pertinemment qu'il n'arriverait pas à toutes les décrocher, mais au moins, il essaya. Il tenta de faire son maximum sous le regard interloqué de ses camarades. Il n'en pouvait plus de ces regards, mais s'il le faisait, c'était pour elle. Pour Laura. Il voulait l'aider. Cette fille qu'il n'avait jamais vraiment pris le temps de connaitre.

Il en était à sa dixième affiche lorsqu'elle entra à son tour dans la salle. Leurs yeux se croisèrent. Il aurait voulu partir en courant, mais ses jambes paraissaient clouées sur le sol. Il était dans l'incapacité de bouger, abasourdi, la bouche ouverte et agar. Elle avait les yeux bouffis et semblait exténuée.

Laura fit un signe à Peter. Le genre de signe nonchalant signifiant « Laisse tomber ». Peter s'excusa et relâcha toutes les photographies sur le sol qui s'éparpillèrent autour d'eux. Il fit volte-face vers ses camarades et leur lança :

-   « Vous êtes des pauvres cons !

-   Eh bien Peter, lança un grand brun au sourire narquois, tu es amoureux de la potiche ? »

Peter dévisagea son camarade avant de répondre :

-   « Moi au moins, j'ai un cœur, Louis... »

Le jeune au sourire narquois grimaça.

-   « Je t'emmerde Peter. Je t'emmerde parce que moi, je n'abandonne pas mes amis pour une salope qui montre son cul à toute la France.»

Peter se jeta sur lui et lui assena un coup de poing sur la tempe droite. Au même moment, un autre élève traversa la pièce et Peter sentit son estomac se contracter lorsque le genou de l'agresseur entra en collision avec ses côtes. Il y eut un bruit sourd et Peter s'affala sur le sol.

-   « Nous Peter..., nous ne sommes pas de vulgaires pantins ! » aboya Louis.

Il lui fracassa le ventre d'un coup de pied. Peter eut un haut-le-cœur.

-   « Et ne t'avises plus de passer dans le même couloir que moi, où la prochaine fois, c'est ta mâchoire que je fracasse. Je te la briserais si je pouvais ! »

Laura se précipita vers Peter et l'aida à se relever.

-   *« Vous êtes dégueulasses. Vous prétendez être ses amis, mais vous n'êtes même pas là alors qu'il est entrain de dépérir à petit...*

-   *Toi, la pute, on ne t'a rien demandé. Et si j'ai besoin d'un de tes conseils, je m'accroupi et je m'en chie un !*

-   *Espèce d'enfoiré, t'as pas à lui parler comme ça ! Lâcha Peter*

-   *Ta gueule Peter. Ferme-la où je te pète la mâchoire et je te fais regretter de nous avoir trahis...*

-   *Désolé...Je ne ...*

-   *Tu nous as lâchés Peter. Ne demande pas l'absolution. Tu n'es qu'un enfoiré et le seul truc qui compte pour toi c'est de pouvoir t'enfiler une pauvre potiche ! »*

Il lui décrocha un nouveau coup de pied sur les côtes. Laura hurla. Peter eut l'impression que ses intestins se déchiraient au moment même où ses tympans explosèrent.

-   *« Et maintenant Peter...Va te faire foutre ! »*

Il lui cracha dessus.

Laura pleura. Peter la prit dans ses bras.

LAURA

Tout ça, c'est de ma faute. Ses amis ne lui parlent plus et c'est de ma faute. Si ils lui font la gueule et c'est à cause de moi. Il a mal maintenant, je suis fautive. Je ne suis qu'une emmerdeuse. Ma mère avait raison. Je ne suis qu'une fille ordinaire qui ne fera jamais rien de sa vie. Oh Maman pardon !

Je m'excuse, je suis désolée de vous faire autant de torts. Je ne sers plus à rien. Je suis toute seule. Je suis une salope. Il m'insulte et me traite de tous les noms ! Alors, c'est vrai ! Peut-être que je mérite tout ce qui m'arrive ! Peut-être que j'ai fais quelque chose que je n'aurais pas dû et qu'aujourd'hui j'en paye le prix avec la perte de ma mère…

PETER

C'est entièrement de ma faute s'ils la traitent comme ça ! C'est de ma faute. Peut-être que j'ai fais quelque chose que je n'aurais pas dû et qu'aujourd'hui je récolte ce que j'ai semé… J'ai besoin d'air.

Le professeur entra dans l'amphithéâtre et le cours commença. Peter passa les deux heures qui suivirent son altercation à se masser les côtes et à geindre, tandis que Laura s'était prostrée dans un coin de la salle, là où personne ne pouvait plus la voir. Le cours n'était guère passionnant et la plupart des élèves commençaient à somnoler. Ce n'est que lorsqu'il prit fin que les élèves purent à nouveau se réveiller et rire à plein poumons de l'étendue des dégâts qu'ils provoquaient dans la tête de Laura.

Peter se leva de son banc, franchi la salle, les portes du grand hall et le parvis. La neige venait de s'abattre sur toute la ville, et les ruelles et trottoirs commençaient à se recouvrir d'un immense tapis blanc. Peter se sentait mieux à présent. Il huma l'air à plein poumons et se laissa envahir par un regain d'énergie. Il venait de se prendre plusieurs coups de pieds dans les côtes, et pourtant, il allait bien mieux. C'était comme si, le fait de se battre, l'avait aidé à se défouler et à oublier les petits malheurs du quotidien qui l'encombraient. Il se sentait serein, bien. Heureux même. Il pensa à Laura et ce n'est que lorsqu'il leva la tête et qu'il la vit au loin qu'il se décida enfin à franchir le pas.

PETER

Je viens de comprendre quelque chose. Je crois que si je vais bien, c'est en partie grâce à elle. Grâce à Laura qui pose dans des magazines de lingeries. Je pense que si je vais bien c'est…

LAURA

A cause de moi… C'est uniquement de ma faute… Si je vais mal c'est à cause de moi !

Elle continua de marcher, resserra son écharpe autour de son cou et remonta sa fine capuche en laine sur sa tête. Elle ne pensait plus à

« Nous dominions le monde » Nicolas Parel

rien d'autre qu'à lui. Les flocons de neige
s'accrochaient à ses lèvres, à ses yeux verts… A
son doux visage. Ce n'est que lorsqu'elle tourna la
tête vers la gauche qu'elle se rendit compte qu'il
l'observait.

20H :

PETER

Nous avons continués notre marche dans la ville. Les décorations de Noël illuminaient les trottoirs et les petites ruelles condamnées à rester dans le noir le reste de l'année. Au loin, l'Hallelujah d'Alexandra Burke résonnait dans l'air et donnait une nette impression de sérénité. Comme si la ville elle-même respirait la joie. Les petites filles riaient aux larmes tandis que les petits garçons s'amusaient à s'attraper et à se faufiler entre les passants. C'était un moment magique. Les cristaux de glace flottaient dans le ciel et le gospel envahissait la place. L'odeur des marrons grillés emplissait l'atmosphère. Le vin chaud coulait à flot dans les veines et des effluves de cannelle me chatouillaient les narines. Je souriais. J'étais enfin redevenu moi-même, heureux. La journée était terminée et je savais que ma mauvaise passe avait prit fin avec elle. Le pantin que j'étais avait enfin été libéré de ses ficelles. J'exultais.

Le monde était enchanteur et j'avais envie d'embrasser tous les passants qui se pressaient autour moi. Je me suis mis à rire, tout seul. Laura me fixait encore, ne comprenant pas. Je lui ai alors expliqué, que pour moi, la journée se terminait avec ce sentiment de bien être et cet apaisement, qu'il suffisait parfois de fermer les écoutilles. Qu'il suffisait de ne plus pleurer...mais de rire. Tout simplement. Parfois d'un simple « Stop ! Je me relève », tout paraît déjà plus simple. Je l'ai regardée droit dans les yeux et je lui ai souris.

Laura, je ne l'ai jamais vraiment connue comme je l'aurais souhaité, mais je ne l'ai jamais jugée, eut de paroles déplacées envers elle, ou même, sous-estimée. Ces préjugés que l'on a d'elle ne m'ont d'ailleurs jamais semblés importants. J'aurais peut-être simplement dû prendre le temps de la connaître mieux, de lui parler, de la faire rire…en tout cas, ce jour là…à cette heure précise…elle ne m'avait pas compris…

- *Laura, tu vois cette grande tour là-bas ?*
- *Euh…oui !*
- *Elle ne fait pas moins de quinze étages…en haut, sur le toit, nous dominerions le monde !*
- *Je ne vois pas où tu veux en venir et…*
- *J'ai rencontré la femme que j'aime il y'a plus de quatre ans…en haut de cette…*
- *Peter, je ne veux pas entendre parler d'histoire d'amour…mon copain m'a trahi…*

Elle intensifia son regard et ne le lâcha pas des yeux. On y sentait même un profond mépris.

- *J'y suis monté une fois, continua Peter, la vue est magique…cette fois là, j'ai voulu faire le grand saut, mais j'ai pensé à t…*
- *Arrête s'il te plaît !*
- *Qu'est-ce qu'il ne va pas ?*
- *Ma mère est morte…*

« Nous dominions le monde » Nicolas Parel

PETER

Je voyais clairement qu'elle n'allait pas bien, seulement, je ne savais pas quoi lui dire de plus. Je ne trouve jamais les mots. Je n'ai fait que sourire… Encore et encore. Je ne sais faire que ça quand la pression est trop forte. Je sais, c'est un peu bête de ma part car lui parler l'aurait sûrement aidé. Plus de bien qu'à moi. J'avais vraiment besoin de dialoguer avec elle, mais… sur quoi ? Elle me regardait avec ses yeux tristes, je n'ai pas rouvert la bouche pour finalement la quitter ; j'ai fait marche arrière, je l'ai laissé seule…encore une fois. J'ai poursuivit mon chemin au travers des passants, puis, me suis retourné après quelques secondes à peine, au moment même où, elle-même, se tournait vers moi.

C'est à ce moment là qu'elle a fait ce geste. Elle a rapproché deux doigts vers sa tempe, comme si elle tenait une arme à feu, puis elle a sourit. Un sourire ?… Non, je crois plutôt qu'elle pleurait.

C'est quand même fou comme notre sort ne tient qu'à un simple geste, à une simple parole dite… Je suis rentré chez moi et je n'ai plus pensé à elle. »

LAURA

« Encore seule… Toujours seule… Je dois faire quelque chose…

53

« Nous dominions le monde » Nicolas Parel

Quel rapport entretien l'Homme avec la vie ? Quelle est sa place ? J'ai une théorie : Nous naissons, mangeons, grandissons, et enfin mourrons. C'est la fin. Tout compte fait, l'Homme n'aurait que pour but de vivre pour la vie elle-même. Mais en vaut-elle vraiment la peine ? Dans ce cas, je ne vois pas à quoi elle sert, si elle n'est faite que pour cette raison. C'est une grande problématique. L'Homme souffrirait-il sans raison ? Il souffre probablement pour en sortir toujours plus fort, toujours plus grand. Devient-il pour autant un surhomme ? Pourquoi grandir et apprendre de ses erreurs si c'est pour, au final, tout laisser ici ?

Y a-t-il autre chose après la vie ? Je l'espère de tout cœur parce-que dans le cas contraire, ma vie n'aura été qu'une accumulation de cheveux dégeulasse...un grand échec avec pleins de regrets.

Ceci est mon mode de perception et je ne vois vraiment pas à quoi ça me mène ! Si ça se trouve, ce processus est simple, mais à l'heure actuelle, il m'est totalement incompréhensible et n'aboutit à rien... »

Elle tourna dans Marilbone Street et, arrivée aux abords d'Oxford Street, elle pénétra dans le bar qui faisait l'angle. Ici, elle savait que les gens ne la jugeraient pas, qu'ils avaient, eux aussi, des soucis et qu'ils le comprendraient sûrement à sa triste mine. Elle s'appuya sur le comptoir et commanda son premier verre de vodka, qu'un jeune serveur s'empressa de lui servir. Elle le bu d'une traite. Le feu de l'alcool se propagea dans sa gorge et dans ses veines. Elle se sentit bien.

LAURA

Puis il m'a parlé, ce vieil homme au regard malsain. Quand il a commencé à ouvrir la bouche, j'étais écœurée. Maintenant ça va mieux. On s'habitue à tout, mais je me demande comment un homme peut se laisser aller aussi facilement. L'odeur de l'alcool fort mêlé à la transpiration me donne la nausée et pour la troisième fois de la journée, j'ai envie de vomir…mais je m'en fiche, je bois. Je veux oublier. Je veux TOUT oublier…L'homme ne cesse de me regarder avec son regard sombre et dur. On voit nettement qu'il souffre. Mais sûrement pas autant que moi. De toute façon, la douleur que l'on subit est toujours ressentie plus grande que celle des autres, même si ça n'est pas obligatoirement vrai. C'est une puissante sensation.

PETER

Je suis chez moi, je mange en regardant la télé et bon sang… Je pense à elle. Mon corps ne m'appartient plus. Je ne suis plus qu'une marionnette rattachée à ses fils. Je pense à elle… Je pense à… LAURA ?

« Nous dominions le monde » Nicolas Parel

J'ai une terrible sensation. Une sorte d'intuition, Une puissante sensation qui me retourne les entrailles. Il faut que j'y retourne. Je sais qu'elle s'y trouve. Oh ! Mon Dieu… »

Il se leva de son canapé, pris les clés de son appartement et s'en alla en claquant la porte d'entrée. Le bruit lui résonna dans la tête.

21H :

PETER

J'avais envie de hurler. J'avais envie de pleurer, j'avais envie d'éclater, d'exploser, de cracher… Mais je courais, je continuais de courir inlassablement vers mon but. Vers notre destin, vers notre rencontre. C'était ma vie, c'était mon objectif, c'était mes ficelles qui me rongeaient les poignets. Elles sont si puissantes ces ficelles. Si fines et tellement si fortes, si imprévisibles mais tellement vraies et justes. Elles sont ma vie et mon destin. Mon destin est de courir jusqu'à elle.

LAURA

Ma vie ne tiens qu'à un fil. Un fil si fin qu'il en devient presque invisible… Un fil si faible… J'ai franchi le seuil.

J'y suis. Je l'ai atteint. Le point de non-retour. Le point où tout se brise. Le point où je me glisse dans les abîmes du vide et de l'inconnu. Je ne peux plus m'en éloigner. Plus les secondes défilent devant mes yeux, plus je m'en approche. Il est au bout de mes doigts. Encore quelques millimètres et je pourrais l'embrasser, le serrer fort contre mon cœur qui cessera de battre pour moi ; qui s'arrêtera de pulser dans mon corps…J'y suis. Je m'en approche. C'est horriblement bon de se sentir inutile et infiniment petite… Je suis si insignifiante. Je traîne ma peine. C'est un nouveau jour qui apparaîtra…Un nouveau jour dans lequel je serais comme une ombre.

Un nouveau jour où… Disparaître sera la meilleure chose qui pourra m'arriver.

Je grimpe la première marche… La deuxième. J'atteins presque le sommet. Je vois ma chute prochaine et ma vie qui débutera enfin. Une nouvelle vie dans un nouveau corps. Je ne suis pas un pantin. La seule solution pour me délivrer est ce saut. Briser ces liens si faibles… Alors…

PETER

…Je cours et je ne m'arrête pas. Je ne le peux pas. Je franchi Marilbone Street. Je pousse un homme, je heurte les passants, je les fais tomber, je les blesse. Je m'en fous, je n'ai pas le temps de m'arrêter. Il faut que je continue de courir. Ne jamais s'arrêter de courir. Ne pas ralentir. Si je ralenti… J'échoue. Si je ralenti… J'échoue… Si je ralenti je brise le fil…

22H :

LAURA

J'ai peur... J'ai peur... J'ai peur... J'ai peur... J'ai peur...Je vous en prie... Aidez-moi... Que quelqu'un m'aide... J'ai peur... JE N'AI PAS PEUR... JE SUIS FORTE... Je...

Je chute... ?

Peter arriva devant la gigantesque tour qui, la journée, dominait la ville de son ombre. A cette heure-ci, elle ressemblait à un monstre. Un gigantesque monstre noir qui s'abattait sur la ville. Il se précipita sur la porte d'entrée qu'il ouvrit avec fracas.

PETER

« Je me suis lentement avancé vers elle. Elle était si proche du bord. Ses cheveux virevoltaient et son visage était baigné de larmes. Je l'ai regardé dans les yeux et j'ai murmuré son prénom... ».

- *« Laura... »*
  Elle le fixa sans ciller.
- *« Laura je t'en prie...ne le fait pas ! »*
  Son regard, toujours sur lui, exprimait toute la rancœur, toute la tristesse et l'incompréhension qu'elle subissait.

-     « *A qui vais-je manquer ?* » *Lui demanda-t-elle.*
-     « *Laura…je t'en prie…* »

PETER

    « Je lui pris la main et sentis ses doigts glacés se serrer contre les miens. Lentement, je la tire vers moi, loin du vide, loin de la mort. Elle se jeta sur moi et se pressa contre mon corps aussi fort qu'elle le pouvait. Je n'avais jamais ressenti ça. J'eu l'impression que son étreinte signifiait quelque chose. Elle essayait de me faire passer un message… incompréhensible… Je sentais son souffle contre ma poitrine et son cœur battait… Si fort, mais il était si… Faible… »

-     « *Tu sais Laura, tu manqueras sûrement à plein de gens, à ta famille à tes…*
-     *Ma mère vient de mourir… Mon père n'existe plus…Et…*
-     *Je…je suis désolé je… Je…* »
     Elle frissonna et s'écarta de lui. Elle s'avança à nouveau en direction du bord de l'immeuble.
-     « *Tu n'a pas à l'être Peter, ça n'est pas ta faute…*
-     *Reviens !*
-     *J'aimerais être seule s'il te plaît !* »

PETER

Je ne pouvais pas la laisser… Je devais lui parler. Maintenant ou jamais…

- *« Laura, tu as la vie devant toi, tu es jolie, tu mérites de vivre. Tu ne mérites pas de subir ce que les autres te font vivre. Laura, je n'ai pas pris la peine de te connaître comme j'aurais dû le faire, mais saches que si nous apprenions à communiquer, tu découvrirais que je suis le genre de personne sur laquelle tu peux compter et qui t'aidera à remonter la pente. Dans la vie, il y a des hauts et des bas, mais le principal, c'est toujours de s'en sortir. C'est de toujours réussir à savoir garder la tête froide et haute. Ne pas se laisser abattre et envahir par l'incertitude et le doute. Nous sommes jeunes et, bien sûr que c'est compliqué parfois, mais…nous aurons encore des problèmes au cours de la vie nous attends. C'est normal d'avoir peur, Laura, tout comme ça l'est de vouloir baisser les bras et de se dire que la meilleur solution est d'en finir. Mais ce n'est pas la solution. Dans la vie, tu rencontreras des gens qui seront présents pour toi. Des gens qui t'aimerons pour ce que tu es et non pas pour ce que ces fichus magazines veulent bien dévoiler de toi. Ne doute pas une seconde que tu gagnes à être connue. »*

Il s'approcha d'elle une nouvelle fois, lui pris la main et attendit. La neige avait laissé place à la pluie et, sur leurs deux visages ruisselaient à présent, cette eau mêlée de tristesse et de la peur de se perdre. Il y eut un éclair...Laura avança un pied dans le vide.

-    *« Laura, tu n'as pas à faire ça. Je sais que tu vas mal. Je sais que tu souffres et que c'est en partie de ma faute, mais je t'en prie Laura, je t'en prie...Ensemble, nous nous en sortirons, je suis là, je ne t'oublie pas. Je n'arrivai pas à t'oublier parce que ton visage me hante, Laura. Je sais qu'il arrivera un matin où tu n'arriveras plus à être comme tu es à présent. Je serais présent. Je serais présent parce-que je ne veux pas t'abandonner. Une gifle te fera prendre conscience que c'est terminé et que ça ne peut plus durer. Nous avons tous besoin de croire que tout peut-être meilleur, même si ça n'est pas toujours le cas. Le tout est d'essayer de se relever. Il y a toujours des jours meilleurs et c'est parce que nous avons la force d'accepter ce qui ne vas pas et d'y trouver une solution, qu'il arrive. Ce que tu fais en ce moment n'est pas la solution : ce serait être lâche vis-à-vis de toi-même et vis-à-vis de la vie elle-même.*

Je comprends que tu souffres et que tu craques. Je comprends que tu te sentes seule, mais je suis là, moi. Présent, en face de toi et je n'attends plus qu'une chose, c'est de pouvoir t'aider à nouveau et t'aimer encore... Mieux qu'avant, Laura... Je veux que tu saches que je suis désolé d'avoir ris de toi ; j'ai été stupide, et sur le coup, j'ai simplement voulu être comme les autres : en bref, un abruti. Tu ne mérites pas cela.

Je ne suis pas ce genre de type, Laura. Je ne suis pas ce genre de personne qui aime rire du malheur des autres. Dans la vie ont fait tous des erreurs et il est toujours temps de pouvoir se racheter et recommencer. Alors, Laura... Ne saute pas... Reste avec moi. Reste avec la personne que je suis... tu n'y as jamais fais attention, et peut-être que je ne le t'ai jamais dis, mais... Je t'aime.

Je n'ai jamais voulus te faire souffrir ou que tu penses ça de moi. Mais depuis que tu es partie, je me sens seul. Je n'ai plus de force, plus fois en rien... Alors je t'en prie... Reviens... Avec... Moi.»

Elle se tourna vers lui.

- *« Et si je te dis que je ne suis plus heureuse, tu ne le comprends pas. Si je te dis que je n'en peux plus, tu ne le comprends pas. Si je te dis que tu étais le seul à m'avoir comprise, tu ne le comprends pas. Si je te dis que je t'aimais tu t'en fous, parce qu'avec toi, j'avais l'impression d'exister. J'avais l'impression d'être quelqu'un et non pas une vulgaire affiche de pub. Tu m'avais comprise Peter. On s'aimait. J'arrivais à assumer mes rôles parce que je n'étais plus seule, parce que j'avais confiance en moi. Tout l'amour qui m'a été arraché, tu me le donnais... Tu avais réussi Peter... Et c'est pour cette raison que je te déteste à présent. Parce que tu m'as tout arraché à nouveau... JE TE DETESTE TU ENTENDS PETER? »*

« Nous dominions le monde » Nicolas Parel

Elle essaya de le gifler mais Peter lui attrapa les mains avant qu'elle n'eut le temps d'atteindre son visage.
- *« Laura, ce n'est pas ce que tu crois…*
- *Tu m'as trahi Peter…*
- *Je ne suis pas allé avec elle… »*

PETER

Et c'était vrai. Je n'en avais pas eu le courage. J'aimais trop Laura pour lui faire du mal. Je ne l'ai jamais trahie. C'est elle qui ma quittée… Ma Laura. Elle a toujours dit que c'était en partie de ma faute, mais… Non. Je n'avais jamais eu le courage d'aller avec cette autre fille… Laura n'a jamais compris ça…

Ils se regardèrent un moment, sans bouger. L'un dévisageant l'autre comme une première fois. S'attardant sur les yeux, les lèvres et les rides d'expression. Une nouvelle découverte. Ils étaient seuls sur Terre, et plus rien n'avait d'importance. Leurs lèvres se rapprochèrent l'une de l'autre jusqu'à se toucher complètement. Leurs bouches se lièrent, leurs larmes se mêlant à l'ivresse d'une redécouverte. Le sel de leurs larmes se mêla au sucre de leurs baisers.
Le corps que formaient les deux étudiants se laissa emporter par l'amour et la chaleur …sous une pluie battante, ils dominaient la ville et le monde.

« Nous dominions le monde » Nicolas Parel

PETER

Nos deux corps s'entrelassaient enfin. Ce fut un moment magique et incroyable, sa peau sucrée contre la mienne et ses baisers salés qui m'inondaient de bonheur…

LAURA

Il était revenu. Je sentais ses reins se presser contre les miens. La pluie avait beau être glacée, ce fut un instant de partage que rien n'aurait pu briser…

PETER

Le petit pantin que je suis s'est libéré. Il a brisé ses ficelles et vole de ses propres ailes…

LAURA

Libre… Libre… Libre… LIBRE ?

22H38 :

PETER

Elle est restée tout près de moi un moment, puis s'est levée et nous nous sommes habillés. Je l'ai embrassé à nouveau. Sur le front, sur le nez, sur la bouche et dans le cou... Mais... Elle m'a dit...

- *« Peter, j'ai besoin de rester seule....seulement quelques instants. Je t'en prie, juste quelques instants, histoire de me remettre de mes émotions...Pars s'il te plait... »*

PETER

Ce que je fis. Elle avait besoin de se retrouver, de réfléchir et je le comprenais très bien...

- *« Mais pas de bêtises, hein?... »*
Elle le regarda et lui sourit d'un sourire radieux, pareil à celui d'un ange venu du ciel.
- *« Je t'attendrais Peter... » Chuchota-t-elle.*
Il se dirigea vers la porte qui menait aux escaliers, se retourna et lui envoya un baiser avec sa main. Geste auquel elle répondit en embrassant l'air.
Il pénétra dans l'immeuble et referma la porte derrière lui. Lorsqu'il descendit les marches, il eut l'impression d'être entier. D'avoir retrouvé

sa vitalité et son énergie. Il se mit à chanter. Sa tête s'était enfin vidée. Son sourire resta figé dans cet air de béatitude. Il s'était retrouvé...

Laura resta un moment sur le bord de l'immeuble à contempler la grande ville. Noël était enfin là. Ce temps délicieux la fit frissonner. D'ici, elle dominait le monde. En bas, ils étaient prisonniers et ici, elle était libre. En bas, ils avaient beau rire, intérieurement, ils souffraient et leurs coquilles n'étaient pas assez fortes. A ce moment là, elle se souvint d'une musique de Zazie s'intitulant « On éteint » :

« On a beau crié toute sa vie, on s'enflamme, on se quitte, on se marie
On allume, on fait l'amour et puis...on éteint.
On a beau crier encore et toujours,
Rien n'étouffera le manque d'amour
Et ce feu nous brûle jusqu'au jour où...on s'éteint »

Elle vacilla.

De son coté, Peter slalomait entre les touristes tout en chantant. Il respirait l'air de la ville, empli de joie et de bonne humeur. De fête et de béatitude, d'amour et de rire. Il savait qu'à présent qu'il avait retrouvé la femme qu'il aimait, tout serait plus facile. Il éclata de rire... Puis... Il s'arrêta net dans sa course.

« Nous dominions le monde » Nicolas Parel

PETER

C'est un pressentiment intense. Une chose cloche. Quelque chose va de travers et n'est pas à sa place. Ca va mal. Une parole incomprise. Un mot apparemment dénué de sens. Une question sans réponse : Elle « m'attendra ? » où ?
Il se mit à courir en direction de la tour.

LAURA

Maman, tu m'entends ? Tu es partie ? Pourquoi ? Et Peter…que vais-je faire de toi ? On fait l'impossible pour reconstruire la confiance que l'on a perdu. Mais certaines trahisons sont si grandes, si graves, si profondes, que l'on est impuissant à les guérir. Et dans ces cas là… Il n'y a rien d'autre à faire… Qu'attendre…
Moi, je ne veux pas attendre.

Et maintenant, je fais quoi au juste ? Je continue ma petite vie studieuse de mannequin qui pose pour un stupide magazine ringard pour obsédés ? Je ne suis pas une potiche écervelée. Je suis intelligente…

PETER

Alors j'ai emboité le pas dans la cage d'escalier et le bruit de mes talons qui frappaient le sol me rendais fou. Il y avait un cortège dans ma tête. Un cortège funèbre qui galopait au pas de course. Mais je m'en foutais. Il n'y avait que Laura qui comptait.

J'ai remonté les marches le plus rapidement possible. Je ne savais pas pourquoi je l'avais laissé. Peut-être parce qu'elle me l'avait demandé. Mais je ne voulais pas ! J'aurais du comprendre...

Je courais comme jamais je serais capable de le refaire. J'eu l'impression que mon estomac allait éclater. Que ma gorge et mon cœur allaient exploser. Je m'en foutais. Mon souffle et mon sang se figeaient, devenaient glace et gel. Je n'avais plus d'air. Je n'avais plus de jambe. Je n'avais plus de corps, plus de bras plus de pied, plus de tête. Je m'en foutais. J'étais de nouveau prisonnier de mes ficelles. J'étais redevenu ce pantin au destin tout tracé. Au destin gelé dans le marbre. Les marches s'éternisaient devant moi. Je m'en foutais. Je ne pouvais pas échouer. Je ne voulais pas. La vie était si belle, alors pourquoi le ferait-elle ?

J'ai crié son nom, j'ai hurlé et je m'en arrachais les cordes vocales. Elles se brisaient, elles se coupaient, elles éclataient...mais personne ne me répondais mis à part mon écho à l'ego disproportionné. Alors j'ai repensé à son baiser. Notre premier baiser il y'avait déjà quatre ans de cela. Ce baiser que nous avions échangé sur ce toit en plein été. Nous surplombions le monde.

J'ai pensé à ses larmes et à son corps contre le mien, alors je savais. Je savais qu'elle allait m'attendre comme elle me l'avait dit. J'en avais maintenant la quasi-certitude.

Alors j'ai fais une chose surprenante… J'ai arrêté de courir. Je me suis arrêter et j'ai repris mon souffle. L'amour est toujours le plus fort, alors pourquoi courir, puisqu'elle m'attendrait ? Alors j'ai freiné ma course. Je me suis imaginer notre prochain baiser, parce-que je savais qu'il y'en aurais un prochain… J'ai marché… J'ai arrêté de courir… J'ai tout stoppé… J'ai MARCHÉ. Mon fil se brise…

Il continua de gravir les marches, lentement… Lentement… Lentement…

LAURA

Je ne veux plus être une poupée qu'on manipule…je ne veux pas être ma propre prisonnière…

PETER

C'est mon rêve. Dedans, elle m'attend, elle se dirige vers moi et ses baisers ont le goût du sel…

Lorsque je suis arrivé devant la porte qui donnait sur le toit, j'ai souris. J'ai humidifié mes lèvres car je savais que lorsque j'ouvrirais cette porte, elle serait derrière à m'attendre. J'ai ris. Je savais comment cela allait se passer. Elle me verrait, me sourirait et s'avancerait vers moi. Elle

« Nous dominions le monde » Nicolas Parel

m'embrasserait et son baiser salé m'inonderait…
Encore… Nous nous enlacerions en se moquant
des gens. Nous serrions si proche l'un de l'autre
que nos deux corps ne formeraient plus qu'un.

On dominerait le monde de là où nous
serrions. Rien ne pourrait plus nous atteindre à
deux …

23 décembre 2010 : 22H52 :

PETER

J'ai ouvert la porte. J'avais raison, elle était là, debout, elle m'attendait. Je ne m'étais pas trompé. Je voyais son corps devant moi… Mais, je ne comprenais pas… pourquoi son corps était penché au dessus du vide… (*Laura, pourquoi penches-tu ?*)

En cet instant précis, mon sang se glaça dans mon cœur froid qui se figea. Elle ne m'avais pas attendu. (*Laura, pourquoi penches-tu ?*)

Son corps bascula dans le vide.
Doucement.
Tristement.
Silencieusement.

J'ai vu un bel ange s'envoler loin de moi… J'ai vu Mon Ange s'envoler… Elle s'était libérée de ses liens…

Elle était libre…

Six ans plus tard : 22H12 :

Les flocons de neige planaient dans l'air et les enfants jouaient à les attraper. Parfois même, ils les avalaient. L'odeur des marrons grillés et les effluves de vin chaud chatouillaient les narines et réchauffaient les cœurs. Aux abords de Marilbone Street, un groupe de touristes prenait des photos devant un stand de crêpes. Une vieille femme riait aux éclats pendant qu'un vieux monsieur se relevait lentement du sol enneigé où il était tombé. Les nez étaient rouges et froids et les mains glacées. On ne comptait plus les bonnets et les écharpes tant il y en avait. Au loin, près de la petite avenue, un couple se tenait par la main. Il était grand, mince, habillé de façon sophistiquée et tenait un bouquet de roses. Quelques rides se dessinaient au coin de ses yeux. Il semblait heureux. Elle, était grande, plutôt belle allure et mangeait une gaufre. Ses cheveux roux contrastaient avec le blanc de la neige et ses yeux bleus étaient encadrés par de grandes lunettes noires. Ils flânaient dans les petites ruelles et s'approchaient de la grande tour qui dominait la ville.

Elle lui parlait, mais il semblait distrait. Sans doute parce qu'elle parlait trop. Il lui posa un doigt sur sa bouche et il l'embrassa sur le coin des lèvres. Elle sourit et le lui mordilla. Il l'embrassa une nouvelle fois.

Il lui fit signe de l'attendre sur le trottoir d'en face et traversa la rue avant de s'engouffrer dans la foule qui s'éternisait devant la vitrine de jouets pour enfants. Elle lui envoya un baiser et il lui répondit en embrassant l'air. Doucement, il ouvrit la lourde porte qui menait dans la tour et s'aventura dans les couloirs étroits qui menaient jusqu'au sommet. Il serra fort son bouquet de rose contre sa poitrine et sourit. Il avait désormais retrouvé son calme et sa sérénité.

Lorsqu'il arriva au dernier étage, il poussa la porte en acier qui s'ouvrait sur le toit et un froid mordant s'engouffra sous son manteau épais. Il inspira tout l'air que pouvait contenir ses poumons… Puis expira.

Il se fraya un chemin parmi les milliers de roses qui jonchaient le sol. Elles étaient tous rouges mais certaines couleurs avaient été altérées par le temps. Il s'approcha du bord, où un grillage avait désormais été élevé, et il déposa son bouquet sur le sol, à ses pieds. Le vent lui balaya le visage et il remonta son col sur son nez. Il le tira, le lâcha, le tira une nouvelle fois pour le relâcher encore et encore…

Il contempla les étoiles en se disant qu'une nouvelle viendrait probablement éclairer le ciel. Il sentit les larmes couler sur ses joues, dans sa bouche, et il pensa à ces baisers échangés avant la mort. Ces baisers au goût de sel. Il pensa à elle. Il avait mal…mais il s'en fichait parce que pleurer était trop bon. Le goût de ses larmes salées lui rappelait le goût de sa bouche à elle. Comme le baiser d'un ange sur ses lèvres. Le baiser de Son Ange.

Un Ange qui n'avait pas su rester sur Terre.

Il murmura : « Je t'attendrais aussi… »

PETER

… Je ne pense qu'à elle… C'est un nouveau jour… Un jour nouveau où je sens mon cœur faire du tapage dans ma cage blanche… Derrière moi, la porte s'ouvre et elle s'avance vers moi. Elle s'appelle Rose, elle m'attrape le visage et m'embrasse longuement. Notre baiser se mêle à mes larmes et le goût du sel me donne des frissons. Je ris, elle me sourit.

Au dessus de notre tête, une étoile nouvelle éclaire le ciel. Je lui envoie un baiser…

De là, nous dominons le monde…

« Nous dominions le monde » Nicolas Parel

© 2010, Nicolas Parel
Edition : Books on Demand, 12-14 rond-point des Champs Elysées, 75008 Paris
Impression : Books on Demand GmbH, Allemagne
ISBN : 9782810618941

« Nous dominions le monde » Nicolas Parel

« Nous dominions le monde » Nicolas Parel

« Nous dominions le monde » Nicolas Parel

« Nous dominions le monde » Nicolas Parel